이기호 제2시집

# 임진강에서 바라보는
## 고향 언덕

국립중앙도서관 출판시도서목록(CIP)

임진강에서 바라보는 고향 언덕 : 이기호 제2시집 /
지은이: 이기호. -- 서울 : 한누리미디어, 2006
    p. :    cm

ISBN  89-7969-291-9 03810 : ₩10000

811.6-KDC4
895.715-DDC21              CIP2006001757

이기호 제2시집

임진강에서 바라보는

# 고향 언덕

시인이 시집을 낸다는 것은 보람도 있는 일이면서 두려움
도 앞서는 일입니다. 이런 날이 자주 왔으면 참 좋겠습니다.
의상이 우리 몸에 날개인 것처럼 새로운 옷을 갈아입고 독자
제현들께 이 시집을 올립니다.

제2시집 《임진강에서 바라보는 고향 언덕》을 세상에 내어
놓는다고 생각하니 참으로 부끄럽기 그지없습니다만 용기
를 내어 이 시집을 독자 제현들께 내보입니다. 부족한 점 허
물하지 마시고 바른 가르침 주시기를 바라며 그 가르침대로
더욱 진솔하게 노력할 것을 다짐합니다.

제2시집 《임진강에서 바라보는 고향 언덕》은 어린 시절의
고향에 대한 그리움과 부모님을 기리는 마음으로 〈안성예찬〉,
〈곶감〉, 〈우리 형제〉, 〈그곳에 머물고 싶다〉, 〈어머니 무덤〉,
〈모정〉, 〈큰아버지〉, 〈장모님〉 등을 1부에서 활짝 펴 보고 싶
었고, 교직자로서 〈너에게 주고 싶은 말〉, 〈마음껏 소리쳐 보
자〉, 〈그런 바람이 되고 싶다〉, 〈철책선〉, 〈문무대왕 수중릉〉,
〈영일만의 꿈〉, 〈양극화〉 등을 통하여 훈화교육적 면으로 제
2부에 담아 보았으며, 〈자신에 찬 인생〉, 〈편지〉, 〈눈물〉,

〈손〉, 〈2의 숫자 좋아〉, 〈아호〉, 〈시집 상재〉 등으로 제3부에서 노래하였습니다. 〈향적봉의 사계절 풍경〉, 〈용추폭포〉, 〈서운산 산행〉, 〈경의선 풍경〉, 〈금파리 가는 길〉, 〈보길도 가는 길〉, 〈임진강의 사계절 풍경〉, 〈청계천〉 등 자연을 노래한 시들을 제4부에 담았습니다.

한성디지털대학교 문예창작과 교수로, 또 문학평론가로 한국문단을 이끄시느라 매우 바쁘신 중에서도 부족한 글을 보아주시고 격려에 찬 문학평론을 통하여 용기와 가르침을 주신 문학박사 유한근 교수님께 깊은 감사의 말씀을 올리며, 더불어 시집 발간에 용기를 주고 정리에 애써준 한누리미디어 김재엽 사장님께도 감사드립니다.

끝으로 나 자신이 몸담고 있는 파평중학교의 교직원 여러분께 삼락三樂이 항상 있기를 기원하고, 나의 가족과 우리 제자들과 이 기쁨을 함께 하고자 합니다.

2006년 8월 1일

서당書堂 이 기 호 사룀

차례 · Contents

책을 내면서

## 제1부 안성예찬

# Contents · 차례

## 제2부 너에게 주고 싶은 말

차례 · *Contents*

# Contents · 차례

제**3**부
자신에 찬 인생

## 제4부 임진강 풍경

# Contents · 차례

제**1**<sup>부</sup>

안성예찬

# 안성예찬

덕유산에서
발원한 이 분지는
화강암이
심층풍화深層風化 뒤
구리향천九里鄉川에 의해
개석開析 되면서
냇물은 금강으로 흐른다.

우리나라 남서부
내륙분지의
형성과정 보여주는
모식模式적인 분지

덕유산 상봉 넘어
태양은 밝게 떠오른다
안성은 만산만야萬山萬野
무진장 청정지역
건강한 생활을
하고 싶은 사람
가족과 함께
행복해지고 싶은 사람

살 만한 곳이라고 말한다

관내에서 가장 넓은
평야가 전개되어
덕곡 저수지가 있고
명천 저수지가 있어서
여름지이 좋은 곳
상업의 중심지로
인심이 좋고 살갑게 정이 있고
의좋게 이웃과 더불어
살고 싶은 곳이다

무주 구천동의
남쪽에 위치한 곳
원통사
칠연의총이 있고
칠연폭포
용추폭포가 있으며
자연학습장
자연환경 연수원이
자리잡고 있어

관광지로 발전하고 있다

발전의 변화는 이곳에도
대전에서 통영간
고속도로
무주 관광 레저형
기업도시 계획으로
더 더욱 많은
발전이 있을 것이다.


* 여름지이 : 농사짓기.
* 원통시 : 신라 때 창건된 고찰로 남봉선사가 선풍을 선하던 사찰이다.(숙종 24년 1698년).
* 칠연의총 : 1907년 일본의 강압으로 정미칠조약이 체결되고 구한국 군대가 해산되자 울분을 참지 못한 시위대 출신 장교 신명선은 스스로 의병장이 되어 150여 의병을 모으고 활동하다가 일본군에게 전원이 전사 당하고 이곳에 묻혔다. ─ 무주군 안성면 공정리(통안마을) 칠연계곡.
* 자연환경 연수원 : 전북 자연환경 연수원. 무주군 안성면 공정리(통안마을).

# 곶감

노란 조시처럼
속살을 드러낸 채
처마 밑에서
주황 등불 밝히며
가을은 저물어간다

스산한 가을바람
으슬으슬해질 때는
지글지글 끓는
온돌방이 그리워진다

가을밤 희미한 빛을 띠며
속이 덜 마른 상태로
가을밤은 깊어간다

어머니는
아들 군것질
종종걸음이시다

노란 조시처럼
뿜어내는

어머니의 정겨움
주고받는 여유로움
내 기억에서
멀리 사라져가는
아득히 먼 고향이다

초가집 처마 밑에
곶감 주렁주렁
내 고향의 가을은 익어간다.


*노란 조시 : 알의 노른자위.
*스산한 : 거칠고 쓸쓸하다.
*종종걸음 : 발을 가까이 자주 떼며 급히 걷는 걸음.

# 우리 형제

어머니 배 속에서
같은 피 나누고
세상 태어난
우리 형제들

같은 지붕 아래
밥상에 앉아
오순도순
대화 나누고
사랑의 꽃 피우던
우리 형제들

멀리 떨어져 살아도
늘 건강하고 행복하게
잘 살아가라고
기원한다

몸은 멀리 떨어져 있어도
마음만은
늘 내 곁에 있는
우리 형제들

가정마다
늘 함박웃음
가득하길 바란다.

# 그곳에 머물고 싶다

덕유산의 한 자락
서당골이 있는 곳
산들바람 분다

산새의 울음소리
까치, 꿩의 소리
다람쥐, 산토끼 잡고
노루 잡던
내 고향 땅

어릴 적 논밭에서
자치기
제기차기
공 차던 그 터
돌담 골목길 그대로였다

밤나무 그늘 밑에
그네 뛰던 아가씨
오솔길 넘어 신작로
소달구지 덜컹대던 길
자동차 지나간 뒤에

흙먼지 날리고
휘발유 냄새 풍기며
떠나가던 길
잡초만 무성하구나

내 고향 산천
장난이 심한 친구
어디에 갔나
꽃피고 지고
산새만이
노래 부르고 있다

그곳에 머물고 싶다.


\* 서당골 : 무주군 안성면 사전리에 있음.

# 어머니 무덤

좁은 산길 언덕배기
어머니 무덤이 하나
잔디는
여문 이슬에 젖는다

저승 새는 나 보고
곁으로 오라
손짓하고 있다

어머니
무덤 아래 누워
반짝이는 별

나는 사라져 가는
저 별이 되리니.

# 모정

어머니
농사지으시더니
라디오에서
흘러 나오는
노래 따라 하시더니
여유롭고 넉넉한 모습
그것 참
다들 어렵고 힘들다

다들 저마다
자기 몫을 찾아
살고 있나 근심히 신다

어머니
농사짓던
손길로
내 손 꼭 잡고
시원한 꿀물
한 잔 들게나

모정의 정 듬뿍.

# 큰아버지

어느 누구의 몫이 있느냐
늘 일에 삶을 찾으셨던
애옥살이
거룩한 희생은
내 삶의 표상인 거다

연속극 보시고
삶의 애처로움에
눈시울 지우시더니
다들 그렇게 사는 거지
남의 일인가
다 나의 일인 거다

그날
어어, 내가 왜 이러지
이제는 다 틀렸어
어머니 잘 부탁하네
나는 이제 간다
내 인생은 고작 이것인 것을

장롱 속에 종신보험

고개 흔들고는
귓전에 고조곤하다.


*애옥살이 : 고생하며 사는 살림살이.
*눈시울 : 눈, 입 따위의 가장자리.
*고조곤하다 : 조용하다.

# 장모님

어쩌나
사위 하나 남았네

걱정하시지 마세요
내 두 분의 몫
살아야지요…….

나 기분 참 좋다
사위 쳐다보면
밥 안 먹어도
든든하단다

가난하다 보니
뭐 하나
준 것이 없구먼 그려
어느 겨울날
호떡 사 오셔
내 손 꼭 잡고
눈물을 흘리시던
당신의 사랑 그지없는 것을

꽃다운 나이에
시집 오서
3남3여 낳고 기르신
장모님
원불교 교당
나가시고
아들 딸
무병 출세 빌어 주시던
장모님의
삼계유일심의 은덕에
행복한 세상 살아 왔구려.


*삼계유일심 : 불교에서 삼계는 오직 마음에서 이룩된 것이며 마음만이 유
일한 실재라는 뜻으로 하는 말.

# 파평예찬

임진강 물 밀려오듯
때로는 부드럽고
때로는 격렬하게
넓고 깨끗한 도로에는
변화를 맞는 길

파평은 즐겁게 와서
머무르고 싶은 곳
세상사가 즐겁기만 하다

파평산 넘어 햇빛 솟으니
파평은 온 산과 들
청정의 지역
건강한 생활을 하고 싶은 사람
가족과 함께 행복해지고 싶은 사람
이곳 머무르고 싶은 곳

삶의 슬픔과 기쁨에
눈물 흘리고
임을 그리워
애틋한 마음이 있어

가슴 아파하는 것
임진강 흐르는 물에
시름의 번뇌 보내시구려

행복하기 때문에
웃으며 이웃과 더불어 사는 거
입가 늘 미소짓는 얼굴들
눈웃음 꽃이 끊이지 않는
내 삶의 젖은 가슴으로
나는 파평에 산다.

*시름 : 마음에는 걸리어 떨어지지 않는 근심과 걱정.
*젖은 가슴 : 사랑과 정이 촉촉이 담긴 모습을 뜻하는 시적 표현.

# 파평에 사는 까닭

누가 서당에게
파평에서 왜 사느냐
까닭을 물으신다면
산과 들
청정지역이라고

어지러운 세상
지울 수 없는
초롱초롱한
눈동자가 있다고

통일의 길목에는
삶의 시가 있고
수필과 노래가 있다고

임진강의 천혜 자연
계절에 따라
철새들의 서식처
동식물의 낙원이 되었다고

아침 저녁

노을의 아름다움
남전북답이라
산다고

말하리라.


*남전북답 : 남한의 밭과 북한의 논이므로 곧 이 나라 국토를 가리킴.

# 도라산 역

안개 자욱한 숲속 사이로
두더지처럼 사라진다

기차는 통일의 향수 싣고

통일의 길목
도라산 역
고요한 대합실
의자에 앉아 있는 할머니

누구를 보내신 서러움인지
멀어져 가는
열차에 시선을 보낸다

가슴 속으로 울고 앉아있다

내 고향 개성 땅
손자 녀석 돌아올 시간
더 가야지
내가 살던 고향 땅 가야 한다.

# 동지

짚신, 가마니 짜기
광주리, 망태기, 덕석
바구니, 또아리, 복조리
따배기신 만들어
나누어 주거나
달력을 나누어 주고
팥죽 쑤어서 역귀를 쫓아
반란을 막는
아름다운 풍습이다

넉넉하지는 못하지만
한 그릇의 팥죽이라두
이웃과 함께
나눔과 베품
아름다운 풍습이다

다사다난했던
한 해를 갈무리하고
새 해의 삶을 설계하여
새로운 출발을 결심한다.

*또아리 : 머리 위에 짐을 일 때에 얹어서
짐을 괴는 고리 모양의 물건.
*따배기신 : 고운 짚신.

# 비둘기는 노닐고

잣나무 가지에는
청설모 산새들
산비둘기
늘 노닐고 있다

잣나무 가지에
앉은 산비둘기
이 가지 저 가지
들락날락
흔들어 놓는다

나래쭉지 퍼들기며
쫓고 쫓기는
꾹꾹 비둘기 울음소리
사랑의 꽃 피운다

낙일이 가는지 모르고
잣나무 가지에
늘 비둘기는
평화롭게 노닐고 있다.

*낙일 : 서편에 지는 해.

# 수련

덕유산을 안고
햇빛 솟아오르는 아침
기지개를 활짝 펴고
나무들은 나름대로
다투어 불꽃을 피운다

한낮 수련은
활짝 꽃 피우고
바람에 춤을 춘다

수련의 꽃잎처럼
내 마음도
때로는 흔들린다

일모창산 날 저무니
수줍음에
꽃봉오리 접는다
수련하게 살고파라.

＊일모창산 : 산에 해가 짐.
＊수련(水蓮) : 아침에 피고 오후에는 오므라짐.
＊수련(修練) : 마음과 몸을 잘 닦아서 단련함.

# 봄

임진강의 물은
반짝 반짝
은빛 나는
정겹게 다가오는
봄바람이어라

임진강과 어우러진
다랭이 논밭에
나물 파릇파릇
봄은 오고 있다

임진강 곳곳이
산과 들 산촌은
아름다운 풍광이 펼쳐져
오고 가는
발걸음 멈춰 서게 한다

임진강 내려다보면
봄바람은 수줍어
치마 속으로
사알사알 숨어버리고

행복한 웃음의
꽃바람은 추억의 수놓는다.


*사알사알 : '살살' 을 운치 있게 표현한 말.

# 개나리


여수천의 산책길
울타리에는
얼굴이 노란
학생들이 밀림으로
때깔 나게 피어
떨기바람에 흔들고 있다

어느 곳에서나
만날 수 있는
이웃사촌 같은 거
개나리꽃을 보노라면
뜨시한 떼봄이
오는 소리가 들린다.


* 여수천의 산책길 : 성남대교를 지나 중탑교로 가는 길 '성남정보산업고등
학교 울타리.'
* 밀림 : 큰 나무들이 빽빽하게 들어선 깊은 숲을 비유한 말.
* 때깔 나게 : 번드르르하게. 남이 보기에 좋게.
* 떨기바람 : 송이송이 부는 바람. 작은 바람결.
* 학생을 개나리꽃에 비유한 말.
* 뜨시한 : 뜨시하다. '따뜻한' 의 시적 표현.
* 떼봄 : 한꺼번에 갑자기 몰려오는 봄.

# 냉이

보기에 좋고
먹기에 좋고
맛 좋고
몸에 좋은 것
어디에 흔히 있으랴

나른한 봄날
어느 것을 먹든
입맛이 냉큼 돈는다면
참 좋으련만
어디 흔턴가

냉이 국 데운 물이
고기 데운 맛이 있음을
냉이로 듬뿍
봄의 향기
그윽함을 찾는다.

# 봄바람

봄바람 살랑거린다
아직 차가우나
산과 들에는 꽃피고
새들의 노래 소리
겨우내 움츠렸던 임진강
온 산과 들에
새싹 세상 만들고 있다

나뭇가지의 봄바람 소리
땅을 비집고 움트는 소리
고개를 내밀고
신록으로 물들인
봄 풍광이 아름답다

벚꽃이 한 잎 두 잎
바람에 휘날리며
살랑살랑거린다.

*봄바람 : 봄에 바람나는 일. 춘정 또는 여색 맛에 든 스님을 표현한 것.

# 봄은 온다네

살아 있는 것은
아름다운 것을
산과 들에는
새싹이 솟아
나오고 있다

봄은 꿈틀꿈틀
새싹이 솟아
가볍게 바람에 흩날린다

꽃망울 터지는 소리
푸드 푸릇한
새싹들이
아스므레하다

백년의 아픔에도
봄은 온다네.

*아스므레하다 : 밝지도 어둡지도 않으면서 희미한 빛을 띠다.

# 해동

동장군의
무게만큼이나
무거웠던
옷을 벗었다

춘추복
차림의 나들이
벚꽃 만발한
화창한 봄날
명주실 바람 분다

겨우 겨우 찾은
군치리집에서
오늘만이라도
명정하던 나
즐겁기만 하구나.


\*동장군 : 큰 눈 또는 '겨울철의 무서운 추위'를 의인화하여 일컫는 말.
\*군치리 : 개고기를 안주로 하여 술을 파는 집.
\*명정하던 : 술에 취하던.

# 등대

한반도 동쪽 땅끝
동해 바다로 뻗어
나아가야 할 길
칠흑 같은 어둠
밝혀 연안의
뱃길 비추어 주었다

등대지기 삶
희로애락
내 마음 깊은 곳에
잊지 못해
슬퍼할 등대를
가슴에 품고 산다

마음 속 깊이 새겨둔
아득한 추억 속의
영원히 꺼지지 않는
내 삶의 빛이다.

# 할미꽃

살가운 맵시 차림
온 몸에 솜털
뒤집어 쓰고 꽃 피었구나

처음 보는 남정네 앞에
다수굿이
수줍어
생끗이 미소짓는다

온 몸에 솜털
보송보송한
속살 드러낸 여인이다

부끄러움에
두 뺨 붉은 여인이어라.

\* 살가운 : 예쁘고 정다운. 붙임성 있는. 가볍고 부드러운.
\*다수굿이 : 고개를 숙이고 말이 없이.

제**2**부

너에게 주고 싶은 말

# 너에게 주고 싶은 말

내가 가진 것
다 주고 싶은 거다

네가 아는 것
더 깊게
더 넓게
깨닫게 하고 싶은 거다

우리의 세상은
한 없이 넓고
황무지의 땅
어디든 있는 거다

황무지의 땅
개척은 너의 몫이다
설계하여 실천에
옮기는 용기
너의 모습
보고 싶은 거다

내가 고기를 잡아

주는 것이 아니라
잡는 방법
너에게
가르쳐 주고 싶은 거다

세월 속에서
무엇인가 찾거나
무엇을 하든지
경쟁력 있는
아이디어
그것을 비축하는 거다

보람 있는 생활 속에
행복을 추구하는
너의 모습
보고 싶은 거다

진실한 말만하고
네가 한 말과 행동을
스스로 책임질 줄
알고 살아가는

너의 모습
보고 싶은 거다

너 홀로 서서
세파를 헤쳐 가는 용기
너의 모습
보고 싶은 거다.

# 마음껏 소리쳐 보자

마음껏 소리쳐 보자
우리는 모두 붉은 악마들
붉은 티셔츠 입고
붉은 모자와 두건
보디페인팅과 야광 뿔
응원나팔과 붉은 가발
악마창과 야광봉
페인팅 펜슬과 귀걸이
소품을 가지고
꼭짓점 댄스
춤을 추고 노래를 부르고
태극기 휘날리며 소리친다
대 ~ 한 민국 대 ~ 한 민국
조국의 이름 부르는
네 목소리가 들린다

대한민국 곳곳 거리는
함성으로 가득 찼다
온 국민이 하나 되어
다함께 뛰어 보자
정보. 체력. 응원 3박자로

달리고 부딪치고 넘어지고
다시 일어나서
몸 던져 이겨냈다

원정의 첫 승 52년 한 풀었다

승리의 함성 기쁨
피곤해도 행복하다
죽을 힘을 다하여 뛰어보자
월드컵의 역사를 다시 쓰자
가는 거다 16강으로 8강으로
태극기 휘날리며 소리친다
대~한 민국 대~한 민국
조국의 이름 부르는
네 목소리가 들린다

오늘만은 남녀노소가 없고
장소가 따로 없다
자만과 집착을 벗어 던지자
한없이 싸우는 것만이 이기는 것
장하다 대한 건아들아

새벽 밝힌다
차분. 흥분. 만세
태극기 휘날리며 소리친다
대 ~ 한 민국 대 ~ 한 민국
조국의 이름 부르는
네 목소리가 들린다
유럽을 넘어서라
꿈은 또 다시 이루어진다.

# 그런 바람이 되고 싶다

여름에 나무꾼이
땀을 흘릴 때
땀 시쳐주는
그런 바람이 되고 싶다

여름지이시던
어머니
애옥살이 애운하다
이마에 흐르는
땀을 시쳐주는
그런 바람이 되고 싶다

소외된 사람에게 다가가
고통을 함께 나누고
웃음을 지을 수 있는
그런 바람이 되고 싶다

무엇인가
꿈을 이루고자
노력하는
사람에게 다가가

어루만져주며
보듬어 주는
따뜻한
그런 바람이 되고 싶다.

# 승가僧家

한 여름에 간
파평산
승가의 경내
그윽한 풍경소리

가을에 간
파평산
승가의 경내
벙그리는
국화꽃 봉오리
천수 다라니의 소리

승가람마에서
벽을 마주하고
앉아 참선하는
한 여스님의 미소
승가의 경내
참회문의 소리 아득하다.

*천수다라니 : 천수경에 말한 다라니 그것을 외면 시방의 부처나 보살이 와
　　　서 증명하여 온갖 죄업이 없어진다 함.
*승가람마 : 승가는 중(衆) 람마는 동산(園)의 뜻으로 중원(衆園), 즉 여러 승
　　　려(僧侶)들이 한 데 모여 살면서 불도(佛道)를 닦는 곳.

# 돌아보기

자기의 양심은
꼭꼭 숨기고
남의 일에 참견하는구나

이렇군 저렇군
남의 말만 씹고
씹히는 광경
스스로 물어뜯고
언성만이 높고
말 많아지는 정치판

누구 위한
화려한 용틀임인지
경선 없이
전략 공천으로
정상적인 절차
건너뛴 무리수

정치판 들어가면
탱자가 감이 되는지

민생의 안위는
아랑곳이 없구나
몸과 마음이
즐거워야 하는 것을.

# 장애인석

지하철 장애인석에는
정세를 풍자하고
대화하는 모습이 있다

일자리 창출이
시급한 이 시기에
서로 말장난들 하니
어쩌면 좋은지
걱정하시는 표정이다

안경알 닦던
노인은 역에 차가 멈추니
그거 참
걱정이지
여릿여릿 가는
그 모습에 손짓한다

삶의 애면글면
살아가는
그 모습들이
애처로워서 그런 거다.

*여릿여릿 : 천천히 움직이는 모양.
*애면글면 : 약한 힘으로 몹시 힘에 겨운 일을
　　　　　 해내느라고 온갖 힘을 다하는 모양.

# 철책선

오늘 하루도
임진강 물 흘러가듯
석양의 아름다움
휴전선 너머로 지건만
남과 북을 가로지른
철책선
분단의 아픔 되새기며
반세기 동안
발을 묶어 놓고
서 있구나
내 마음의 제비가 되어
하늘을 날고 싶어집니다.

*2005. 12. 14. 대성동초등학교 방문.
*제비 : 한국에서는 '길조' 상징.

# 문무대왕 수중릉水中陵

경주에 가면
호국정신의 혼이
살아 숨쉬는
문무대왕 수중릉
그 곳에 가고 싶다

동해바다가 활짝 열리는
세계 유일한
문무대왕 수중릉水中陵인
대왕암大王岩은
오늘을 살아가는
우리 민족에게
말해 주고 있는
교훈의 장소
그 곳에 가고 싶다

이견대기利見臺記 있고
감은사感恩寺가 있으며
감포甘浦 앞바다는
문무대왕文武大王의
사이불이死而不已다

그 곳에 가고 싶다

동해바다 우리 민족의
우리의 역사와 같이
호국정신이
살아 숨쉬고 있는
그 곳에 가고 싶다.

*신라 문무대왕은 "죽어서 동해바다의 큰 용이 되어 왜적으로부터 동해를
지키겠다"고 하여 왕릉을 바다에 모신 것이 수중릉이다.

# 영일만의 꿈

모래 바람 흩날리던
영일만의 포스코
고난과 역경 속에 이룬 꿈
광양만에서
세계 속으로 뻗어 나갔다

영일만의 꿈
한국인의 긍지이자
자부심을 가지고
걸어온 길이었다

자연은 유한
창의는 무한
포스코인의
혼연일체의 결실이었다

늘 고로처럼
영원한 불사조이어라
영일만의 꿈
기화요초가 만발
흔들흔들

환희한 기백을 떨쳤다

늘 출항의 길
불사영생을 기원한다.


*고로 : 제철 공장에서 철광석으로부터 선철을 만들어 내는 가마.
*기화요초 : 곱고 아름다운 꽃과 풀.
*불사조 : 어떠한 고난에도 굴하지 않고 이겨내는 사람을 비유한 말.
*불사영생 : 죽지 아니 하고 영원히 삶.

# 양극화

세상은 양극화로
가득 차 있는 것
우리의 삶 속에
언제나 변하지 않는
애탐인 것을
어찌하랴

하늘과 땅
밤과 낮
어둠과 밝음
침묵과 소리
빈자와 부자
양극화는
어디에서나
앤새비렀능게 있다

무엇인가
하나로는 충분하지 않아
우리의 삶의 있어
양극화는
존재하는 까닭에

우리는 삶에 고난을
극복하고자 노력한다

내가 원하는 미덕만이
내가 원하는 덕목만이
늘 존재하는 것이다

내가 원하는 대로
내 세상을 만들려고
늘 저마다
오늘도
내일도
바쁘게 살고 있구나.

* 애탐 : 애타는 마음.
* 앤새비렀능게 : '많다' 는 뜻의 경상도 방언.

# 어부

어부는 언제나
임진강을 찾는다

옹골차게
매화 바람 속
헤집고
수천 년 살아온
그 숨결 속이다

노력할 만한
값어치 있기에
매우 바쁘게
임진강의 바람
품고 만나고
헤어지며 살아간다

어부의 그물은
임진강의 물을 먹는다.

# 임진강에서 바라보는 고향 언덕

잎갈이 나무 잎
잔잔한 바람이
살랑살랑 자주 일어온다

어린 아기의 숨소리
고사리 손
까르르 까르르
어린 아기의
웃음소리 들린다

신록의 계절
무르익어가는 숲
푸릇푸릇
초록무늬 수놓고
윤깔나는 바람결
눈앞에 펼쳐진다

박석고개
입새에서
큼직한
망향제단 비에

새겨진 소망의 글이 있다

우리의 소원은 통일

임진강 물
만산만야에
미소짓고 서 있는
그 모습
우리 민족의 한을 담았구나

임진강변에
둥지 튼 물새들
물에 떴다
잠겼다
지지배배 지지배배
평화롭게 노닐고 있다

신록의 계절
임진강의 흐르는 물처럼
세월만이 흘러가고 있구나
강 건너 북쪽 땅

소쩍 소쩍
소쩍새 울겠지.


*잎갈이나무 : 잎이 피고 지는 나무 낙엽수.
*윤깔나는 : 윤기와 태깔이 좋은. 윤기 나는.
*입새 : 시작도리 무렵. 입구 근처.

# 어린이

어린이는
그 나라 기둥이고
내일의 대들보이니라

이 땅에서
천진난만하게
잘 살아라
늘 푸른 꿈꾸며
두남받는 새싹이니라

내일
어른이 되었을 때
오늘보다
더 좋은 날
두남일인의 세상이 되리라

어린이마다
언제나 푸른 꿈
내일의 희망
하 두둥둥실 뜨거라.

*두남받다 : 남다른 도움이나 사랑을 받다.
*두남일인 : 천하에서 으뜸가는 어진 사람.
*하 : 많이, 크게.
*두둥둥실 : 더 높이 떠가거나 떠오르는 모양.

# 삶의 언덕

사노라면 크고 작은
삶의 넘어야 할
언덕과 산이 있다

내가 가고자 하는
삶의 언덕배기는
보이지 않는다

내 사대육근이 있는 한
흙을 차곡차곡 쌓아
삶의 언덕을
만들어 보리라

내 삶의 크고 작은
언덕을 넘고
산을 넘을 것이랴.

*사대육근(四大六根) : 팔다리의 사대와 머리와 몸뚱이로 이루어진 온 몸.
*언덕배기 : 언덕의 꼭대기나 또는 언덕이 가파르게 꺾인 곳.

# 누에

아침 이슬갤
새순의 뽕잎에 눈을 뜬다

태어날 때
검은 털의 몸으로
옷고름 풀고 벌거벗는다
사근사근거리는 소리
한잠 자고
회색 새 옷을
갈아입고 다시 태어난다

검은 얼룩무늬에
열세개의 마디로
채반을 한껏 누비며
이레착 저레착
고치를 뚫고 나와
알을 낳는 황홀한 꿈에 잠긴다

뽕잎마다
줄기만이 앙상하게 남는다
서걱서걱거리는 소리

네 번째 옷고름 풀고 벌거벗는다

겹겹으로 한 끝나게 싸놓고
명주실 할랑할랑 토해
희토무덤 만들어 놓고
황홀감 속 깊은 잠에 빠져든다.


*한껏 : 할 수 있는 데까지.
*이레착 저레착 : 이리 흔들 저리 흔들 흔들어 대는 모습.
*서걱서걱 : '사각거리다' 를 좀더 큰 동작으로 표시해 본 말.
*한 끝나게 : 한껏 할 수 있는 데까지 최고로.
*할랑할랑 : 가볍게 움직이는 모습.

# 우리 삶의 존재

우리의 웃음은
슬픔이 있기 때문에 존재하고
우리의 울음은
기쁨이 있기 때문에 존재한다

우리는 추위를 싫어하고
우리는 더위를 싫어하며
우리는 배고픔을 싫어하고
우리는 목마름을 싫어한다

고난과 어려움에도
우리는 살아간다
우리는 오늘의 삶을
가장 중요하게 생각한다

우리는 내일의 삶을
설계하고
실천하기 위하여
애자시고 한다

우리는 늘 희망이

존재하기 때문에
실패와 좌절에서
다시 일어설 수가 있는 것이다.


*애자시고 : '애쓰며' 의 높임말.

# 걷고 있는 이 길

내가 걷고 있는 이 길
어지럽게 겪는
일치레는 있는 것
난들거리는 꽃 같은
아름다움만
있는 것은 아니다

내 삶에 있어서
깊은 상처도
크고 작은
스트레스를
받을 때도 있었다

내가 온 이 길
어쩔 수 없어서
내 가슴 깊이 묻어 놓은
상처 어떻게 치유하랴

깨닫게 되는 더 큰 사랑
치유될 수 없는 그 상처
자신의 성찰인 것을

나의 생활에 몸 던져 본다

내가 걸어온 길
이제 목전에
서 있구나
추스려야 할
그 시기가 온 것이다

아쉬움이 있고
애처롭지만
아름답게
그만 접어야 할
그 시기가 왔나 보다

내가 원하는
세상만 살 수 없는 것
걷고 있는 이 길이었다.

*난들거리 : 너울너울 반짝이는. 매끄러이 빛나며 넘실거리는.

# 텃밭에 씨앗 뿌렸지

학교 텃밭에
우리의 손으로
배추 씨앗
무 씨앗을 뿌렸다

우리가 뿌렸던 씨앗
내 손으로 거두었다

거름 주고
잡초 뽑고
묶어주고
배추벌레 잡아
칠칠하게 자라라

우리가 정성들여 가꾼
텃밭의 배추 뽑고
무 뽑아
우리들의 손으로
배추 절이고
무채를 썰고
고실고실하게

속을 버무려
우리들 손으로
손수 김장을 담갔다

홀로 사는 노인
불우급우들 겨우내
찌들게 춥기만 한데

고스란히
취여진 정
나눠주는
따뜻한 우리들.

\* 고실고실하게 : 알맞게 잘.
\* 취여진 : 적시어진. 축여진.
\* 치레 : 치장하는 일.
\* 칠칠히 : 잘 자라서 길차게.
\* 찌들게 : 애달프게.

# 제자의 가출

네가 나감으로
허무한 마음이 들던
그날 아름풋이 생각난다

너의 부모님
가슴 아파
서러움에 울었고
스승으로
너를 좀더 관심 갖고
보살펴 주지 못한 것을
못내 아쉬워 했단다

너의 아버지는
힘든 직장 생활에
너 하나만을
믿고 살아 왔단다

애처로운 일이다
급우들과 함께 어울려
학교생활을 해야 할 시기
학교가 싫다

내 가정 살림살이
어렵고 힘들어도
아들딸
돌봐줄 거다
내 마음뿐이었구나
한숨쉬며
먼 산 쳐다보고
나서야
말하였단다

아드막한 날
아들 부모 되어
내 마음 아름풋이 알 것이다

너의 부모님
인내심 갖고
돌아오기를
학수고대했다

졸업장을
내 손으로

네게 건너줄 때
건강하고 잘 살아라
부모님께 효도하라
그때 천하를
다 얻은 기분이었단다.


*아름풋이 : '어렴풋이' 의 시적 표현.
*아드막한 날 : 아득히 먼 날.

# 단상壇上

자기가 말할 수 있는
여건 속에 말하는 자리

어떤 말을 함으로써
가슴에 다가갈지

기억에 꼭 남는
말을 해야 하는 자리

희망은 우리 앞에
늘 있는 것을 말하라.

# 희망

우리의 마음은
늘 희망을 찾고자 한다

슬픔에서 벗어나고파 하고
괴로움에서 벗어나고파 하며
아픔에서 벗어나고파 한다

어둠에서 벗어나
밝음으로 가고파 하고
밝음에서 어둠으로
가는 것을 싫어한다

자신의 행복을 위해
시간과 돈을 투자하자

나쁜 환경에 처해 있어도
지속적인 노력을 하여
그것을 벗어나 가고파 한다

선행을 쌓아가자
희망은 언제나

앞에 있는 것이다
우리의 마음은
늘 희망을 찾고자 한다.

# 설중매

겨우내 눈보라
이겨낸 봄의 전령
매화 꽃 필 무렵이면
나는 이별을 할래요

인간 밀림 속으로
보다 더 넓은
유령의 나라로 유학 가래요

내 삶에 욕망에는
초망지신은 없는 것

내 삶에 비전이 없다면
차라리 한 그루의
고목나무에서
피어나는 꽃이 될래요

이렇기도 하고
저렇기도 한 일 없이
더 많은 친구 만나서
좋은 우정 만들래요

진실한 만남으로
정 나누는 거
인맥은 먼 훗날
사람을 움직일 수 있으니.


*유령의 나라 : 환상과 괴기로 가득 찬 신비의 나라.
*초망지신 : 벼슬을 하지 아니 하고 초야에 묻혀 사는 사람.

# 시 수필

바람에 불리어 몰아쳐
휘날리는 눈을 보거나
강물 위나 강기슭에서
불어오는 바람 만나면
시 수필을 느낀다

땅 하늘
아침저녁 노을
일연감색의 빛
칠흑 같은 어둠
애잔스런
사랑의 빛 보고
시 수필을 쓴다

자신이 살아온
삶의 자아성찰을
내면의 깊은 곳
반추하면서
반성의 계기 마련하는
그 순간을
형상화하려 시도한다

나는 딸도
아들도 낳고 튼튼하게 키운다
고난과 어려움에도
희망을 잃지 않고
꿋꿋이 살아가는
따뜻한
마음의 삶을 살아야 한다

서민의 애환을 알고
인간 밀림 속에서
살기 힘든 것을
애처롭고 슬픔에
시 수필을 만나
내가 생각하는 살맛나는
세상 살기를
바라는 마음이다.

# 정오

낮 열두 시 되자
밀물같이 쏟아지는
정이 감돌아 넘치는 햇살
창문으로 살며시 들어와
따뜻하니
언 몸을 녹이고 가자고
꾸벅꾸벅 졸음이 온다

어김없이 시계는
뚝딱뚝딱 떡쌀떡쌀
낮 열두 시 되자
다들 만남의 북새질이다
시분 침이 만나고
연인들 낮 열두 시는
만남의 약속이다

낮 열두시
반주 한두 잔 나눔의 장
우리 삶의 촉매이자
익자삼우의 만남이고
익성을 주는 손길이며

깊고 깊은 정
너와 나의
생을 적시는 마음도배이다.


　　　* 떡쌀떡쌀 : 초침 소리를 떡과 쌀이라는 삶의 의미로 형상화한 말.
　　　* 마음도배 : 마치 도배를 하듯이 술을 마시며 마음을 위로함을 비유한 말.
　　　* 익자삼우(益者三友) : 사귀어서 자기에게 유익한 세 벗. 곧 정직한 벗. 신의
　　　　　　　　있는 벗. 지식 있는 벗.
　　　* 익성 : 도와 주어 이루게 함

제3부

자
신
에

찬
인
생

# 자신에 찬 인생

늘 동심童心의 세계로 돌아가
마음껏 즐기며 살자꾸나

자연의 아름다움을 즐기는
우리의 생활 재미 있게
가난과 굶주림의
아픈 과거사도 회상되는 거

때로는 걷기운동 무장 무장하고
때로는 테니스 무장 무장하며
모든 것을 긍정적으로
보고 묵상하며
늘 밝고 명랑하세
젊게 사는 거
나는 참으로 행복하다

늘 마음껏 즐기며
젊게 살고
건강하니 상그럽다
내 무엇을 두려워 하랴
내 무엇을 부러워 하랴

내 무엇을 더 욕심내랴

우리들의 인생은
하나뿐인 것
지천명의 나이 넘겨
하나 둘 치료하여 살아가는 거

누구에게나
삶에 가물대고
고달프고 힘겨워 하는 것을
어느 누구도
모든 사람이 함께 어울려
평등하게 살아가는 세상
남이 살아 줄 수 없는 거
행동이 부자유스러울 뿐인 거
마음은 늘 자신에 찬 인생이다.

*무장무장 : 매우매우 많이.
*묵상 : 눈을 감고 말없이 마음 속으로 생각함.
*상그럽다 : 상큼하고 향기롭다.
*가물대고 : 가물가물하고.
*자신에 찬 : 자랑찬, 자신에 겨운.

# 편지

내가 너를 보고
말 못할 것을
여기에 싣고
보낼 수 있으니
아심찬한 하고
아싸라비아이다

세월은
아승지겁 산 넘어
황혼에 접어들었어도
너에게 가는 편지는
솟구치는 환희심
누가 무어라고 말한들
소용이 있으랴
아! 어찌 잊으랴

내 마음의 불꽃인 것을
내 사연은 남겨져
울창한 숲이 되었답니다

너에게 보낸 사랑

버려져 있으나
눈물로 변하여
옥로는 온기로 사뿐
하늘문 열고 날아가
나그네처럼
떠돌다
빛 방울이 되었답니다

내 가슴에 남겨진 사랑
너의 그림자로 변하여
앵돌아져 찾아오는
애타는 마음
시시때때로 빈 가슴에
채워지지 않는 정 접혔나 보다
그 불씨는 다시금 살아난다

어둠의 모닥불처럼
활활 타오르는 불꽃인 것을
아! 어찌 잊으랴
너의 가슴에 불을 밝힌다
누가 와서

타오르는
모닥불을 잡아 줄 것인가
화엄세상 편지를 띄워 보낸다.

*아심 찬한 : 고마운, 감사스러운 마음이 훈훈한, 마음이 다스운.
*아싸라비아 : 질탕하게 신나는 일, 재미있는 일이라는 뜻의 속된 말.
*아승지겁 : 년월일이나 어떤 시간 단위로도 계산할 수 없는 무한히 멀고 오
랜 시간.
*옥로 : 맑고 깨끗하게 방울진 이슬.
*하늘 문 : 하늘 속으로 통하는 문.
*나그네 : 하늘을 흘러가 구름처럼 허허로운 나그네를 형상한 말.
*앵돌아져 : 홱 심사가 틀려 돌아섬.
*화엄세상 : 보람과 깨달음이 충만한 더할 나위 없이 아름다운 세상.

# 눈물

내 가슴 속에는 눈물이 고인다
아이 적
눈물이 나오는
내 모습을 보시고
사내자식이 눈물세상이야
눈물 뚝 눈물 뚝
외식아 외식아
내 새끼 어쩌나
얼마나 아픈지
내 온몸을 만져 보신다

아우는 시샘 나
살금살금 눈앞에 서성거린다
아서라 아서라
나는 아픔에 춥다

이리저리 내던져진
내 모습에
가족들은 알탕갈탕
애처롭게 보신다
추워서 바싹 웅크린다

아이 적
잔병치레에
눈물 고개 되어
뚝뚝 눈물이 떨어진다

아픔의 사대삭신은
달이 달달
오이 덜덜 떨고 있다

참자 참아 보자
몇 주만 더 고생하면
병든 몸에서
썩 물러서리라
훨훨 털고 일어선다
내 가슴 속에는 눈물이 고인다.

*눈물세상 : 눈물로 얼룩진 슬픈 세상.
*외식 : 외가에서 낫다고 해서 지어진 필자의 아호다.
*아서라 아서라 : 아랫사람에게 그리 말라고 금지시키며 타이르는 말.
*아르대다 : 눈앞에 어른거리다.
*알탕갈탕 : 겨우 겨우 애를 써서 살아가는 모습.
*눈물고개 : 눈물을 흘리며 넘는 고개.
*사대삭신 : 온몸의 살과 뼈마디.
*달이 달달 오이 덜덜 : 매우 떨며 옹송거리는 모습의 의태어.

# 손

수영 쇼트코스
세계선수권대회
사상 처음으로
메달을 따자
기쁨의 박수쳐 주는 손

초롱초롱한 눈동자
매양 내 곁에 있기에
노란 분필로
선 긋고
흰 분필 잡고
수판에 수놓는 손

마이크로 컴퓨터 이용한
문서를 입출력하여
문서를 보관하고
문서를 편집하며
기억시키는 손

테니스 경기에서
종횡무진으로

공을 쫓아다니다
공을 받아 넘겨
득점했을 때
손뼉 치는 손

손들고 인사한다
파이팅을 위해
짝과 손뼉을 쳐주며
득점했을 때
짝과 짧은 말 나누고
주문의 악수하고 싶은 손.


*매양 : 항상. 언제나. 늘.
*수판 : 흑판에 비유한 말.
*수놓는 손 : 흑판에 판서하는 손에 비유한 말.

# 2의 숫자 좋아

나는 한 번에
쓸 수 있는 숫자라서
그런 것은 아니다

나는
2의 숫자 좋아
이씨라는 이유다

나는 기호
총선거나
대선 때는
기호 2번 후보입니다

내 이름 이기호
이름값을 못해
걱정이라고요
어쩌겠는가
어호너호 이다.

* 어호너호 : 기쁘거나 슬픈 마음을 나타내는 소리.

# 아호

서당의 아호는
외식이다
아호가 좋아
잘 쓰고 있다

모자란 점은
더러는 있지만
버릴 것 없다
말씀하시던
어머니는
장자인 외식을
유독 사랑했다

어머니
닮은 살결이
싫은 적 없었다
늘 성실하게
사시던 그 모습
그리워진다

어머니는

친정에서
나 낳았으니
이름 붙인 것이
나의 아호이다.


* 외식 : 외갓집 외자와 외갓집 동생 돌림 식자를 딴 이름.

# 사진


한 평생 삶의
추억을 먹고파

카메라의 파인더
내가 사는 세상
여기 저기 엿보고
잠시 찍자에게
자신의 포즈를 취한다

한 평생 삶 다하면
누가 내 생애의
추억을 엿보고 있을 터인가.

# 시집 상재

분수되는 마음
자신의 혼을 일깨워
그릇에
모아 두고
쏟아 붓고
고인 물 버리고
흘러가는
새로운 물을 담는
반복의 연속이었다

어느 합당한
그릇에
담을지
어느 부문에
어떤 색을 칠하고
어디에 새로운
계절의 옷을
몸에 맞게 입힐까
화장을 잘 했는지

만져보면 부서지고

속살이 드러나면
새로 만들고
몇 번이고 매만져 본다

여적 입고 있던
옷을 고쳐
작고 큰
그릇에 담은
상재한 내 시집
짬짬이 읽어본다.

*짬짬이 : 틈이 나 는 대로 그때 그때. 짬날 때마다. 틈틈이. 간간이.

# 민들레

창밖의 햇살
따사롭게 느껴져
얇은 옷차림의
봄나들이
찬 바람은 수줍어
치마 속으로 숨어 버린다

기다리지 않았어도
겨우내 얼었던
땅에도 봄은 왔다

길가 자란
민들레 꽃 하나

사랑하는 이에게
민들레 꽃
한 송이 선물해 보렴.

# 관사의 외등

관사 뒤편에는
산의 수풀
관사 앞쪽에는
잣나무 숲
칠흑 같은
어둠 밝히는
관사의 외등
빛은 나를 늘 반긴다

하늘나라에
자리 잡고
해처럼
온 세상 밝혀 주지는
못할지언즉

마을에 마실 나가
돌아올 주인님
늦은 밤길
밝혀 주는 외등
그 빛
막살이에

마음 고픈 날은
외등 빛으로
가득 채워 보리라

처마 끝의 외등
내 마음의 꽃이
되어 주고
내 마음의 눈이
되어 주고 있다.


*마실 나가 : 동네 이웃집에 놀러 나간.
*막살이 : 아무렇게 사는 모습.
*마음 고픈 : 외로운. 그리운.
*마음의 꽃 : 보람이나 기쁨 따위 좋은 일을 비유한 말.

# 외로움

논배미에서
논병아리
바지런하게
울어대든지
개구리라도
울어준다면
좋으련만……

칠흑 같은 밤
온 세상 눈감은
이 외롬
쌓이고
쌓이더니
비바람이 분다

외난도 없고
의지할 데 없고
매인 데도 없는
외로운 내게로
회리바람이
내 주변을 맴돌고 있구나

칠흑 같은 밤
물 냄새
산 풀 냄새
잣나무 냄새
함께 어우러져 회돌이친다

파평의 산장
가로등만이
어두운 밤
외로움에 졸고 있구나.

* 논배미 : 논의 한 구역.
* 논병아리 : 논병아리과의 물새.
* 바지런 : '부지런' 의 방언.
* 외롬 : '외로운' 의 시적 표현.
* 외난 : 밖으로부터 오는 어려운 일.
* 회리바람 : 회오리바람.
* 회돌이 : 보이지 않는 소용돌이.

# 정

이 몸이 살아 있는 한
무엇을 하든
열정으로
이 한 몸 불태워 보련다

사람물결에 일렁흔들
세상의 풍파 바람에
마음도 몸도
이리 저리 흔들리는
그 사람을
반듯하게 서도록 하렵니다

몸은 멀리 떨어져 있어도
마음은 항상 가까이 있으니

내가 먼저 하늘 문 두드리고
하늘벌판으로 간다면
불씨가 되어
이리 저리 흔들리는
정든 사람
두 손 꼭 잡아 주렵니다.

*사람물결 : 많은 사람들이 물결치듯 흘러가는 모습.
*일렁흔들 : 일렁거리다와 '흔들거리다' 를 합성한 조어.
*하늘문 : 하늘 속으로 통하는 문.
*하늘벌판 : 하늘을 벌판에 비유한 말.

# 남은 생

내가 당신을 위하여
무엇을 해드려야 좋아하지
어떻게 하면 웃음 지을지
무엇으로
기쁨의 눈물 나오게 하지

내 아무리
당신을 사랑할지라도
당신의 어머니
다음 당신을 사랑합니다

당신을
사랑하기 때문에
기다립니다

앉으나 서나
늘 변함이 없는
그런 사람을 사랑합니다

남은 생을 당신에게
내가 봉사할 것입니다.

# 만남

미소짓는 눈길을 주며
다가서는 기쁨 같은 거

말거리가 많을 것 같지만
만나면 할 말이 없는
아쉬움 같은 거

눈으로 보이지 않는
가슴앓이 말 못하는
가슴 두근거림 같은 거

정겨움에 젖어 만│
마음이 토라졌다가
다시 만나는 정분 같은 거

보고 싶은 생각이
문득문득 떠오르는 거.

# 이별

님 두시고 가는 길
애달프고 서러워라
애지지게 하는
아픔이어라

조마로히 가는 길
땅이 꺼질 듯 한숨쉰다
이 밤도
조요로움에 간다

이별은
애시러운 것이다.

* 애지지게 : 창자가 끊어질 듯이.
* 조마로히 : 짜꾸 마음이 초조하고 불안하게.
* 조요로움 : 조용함. 고요함.
* 애시러운 : 애달프고 가슴 쓰린.

# 떠나가는 마음

떠나가는 마음
딸막딸막하더니
떠돌이 바람
산장으로
구름이 가듯
허허롭게
파고들고 있다

꿈이런가
눈 감고 생각할수록
아슴아슴
애틋한 마음
서러움에
눈물이 고인다

떠나가는 마음
다독거리고 나니
아라한 힘이 생긴다.

*딸막딸막하더니 : 무엇인가 마음이 흔들리거나 하여 말할 듯 말할 듯하더니.
*떠돌이 바람 : 정처없이 계속되는 그리움을 떠돌이 바람에 비유한 것.
*아슴아슴 : 기억에 똑똑히 떠오르지 아니하고 좀 흐리마리하게.
*아라한 : 높이 솟아 있는.

# 아내

남편만을 의지하고
오로지 살아온 세파

성깔머리로
내뱉은 말 한 마디조차
가슴에 삭이고 세간붙이
변변치 못한 애옥살이

주름 짙어가는
아내의 잠든 얼굴에는
세파의 흔적만이 그득하구나.

\* 세간붙이 : 살림살이에 쓰는 여러 가지 기구.
\* 세파 : 세상의 풍파.
\* 애옥살이 : 고생하며 사는 살림살이.

# 미움

미욱한 사람아
누구에게나
비아냥거리지 마소
미움에도
보기 싫은 아픔

미욱한 사람아
누구에게나
미주알 고주알 마소
미움에도
마음의 상처 깊어지니

미욱한 사람아
씹히고 씹힐 때
그 사람 미움에도
가시밭 길 생기니.

*미욱한 : 사람의 됨됨이가 어리석고 미련한.
*비아냥거리지 : 남을 얄밉게 빗대어 놀리다.
*미주알고주알 : 아주 사소한 일까지 따지면서 속속들이 캐고 묻는 말.
*가시밭 : 고난과 애로가 덮친 환경을 이유한 말.

# 생각

누구를 생각한다는 것은
마음 속에 있다는 것이며
의사표현을 해야 한다

때 놓치면 물거품

그 사람에게
어떤 말거리를 해야 좋아할까
그런 생각도 해야 하고

그 사람에게
어떤 행동으로 다가서야 좋아할까
그런 생각도 해야 하고

그 사람에게
얼마나 웃고 울어야 될까
그런 생각도 해야 한다

생각은 아무에게나 하나
사랑하는 사람에게 하는 것
손익분기점을 생각하지 말자

때 놓치지 않으면
행복한 삶인 것을
나는 그 사람을 생각한다.

*손익분기점 : 손익 계산에서 수입과 비용이 일치하고 손실과 이익의 갈림
길이 되는 점.

# 추억

내 기억 속에는
달뜬 세월 밝고
아름다운 것
언제나
청춘의 달래달래
너와 나 함께한
첩첩사연들은
그 곳에 있지 않으나
세월은 임진강 흐르는
물처럼 말없이 간다

지나간 추억은
첫 꽃봉오리의
단쇠로 두고
나는 홀로 걸어왔건만
추억들은
그 때 그 장소에
무선 전화기의
떡쌀떡쌀은 멈춰
나를 기다리고 있다

나는 당신이
그리워지면
날 생각하고 있는
지난 날로
뜬 가슴으로 돌아간다

추억들은
언제나 변하지 않으며
달마거리게 한다
그 때
그 모습으로
푸르른 기운이 넘친나
당신은 청향 냄새
풍기며 나를 반긴다
오늘 하루도
그렇게 시작한다

지나간 추억은
철조망 꽃의 추억
맑고 차가워라
나의 삶 속에

새로 태어나고
그 때
그 순간으로 반복된다
오늘 하루의
추억을 먹고 산다.


*달뜬 : 마음이 가라앉지 않고 들썽한.
*달래달래 : 꽃송이처럼 다발 다발 흔들리는 모습.
*첩첩사연 : 겹겹이 쌓인 사연.
*단쇠 : 불에 달군 뜨거운 쇠.
*떡쌀떡쌀 : 시계의 초침소리를 떡과 쌀이라는 삶의 의미로 형상한 말.
*뜬 가슴 : 들뜬 가슴. 가볍게 설레는 가슴.
*달마거리게 : 즐거운 마음으로 들썩거리게.
*청향 : 맑은 향기, 향기를 시각화한 말.
*철조망꽃 : 분단의 비극과 그 극복 의지를 비유한 말.

# 아들의 삶

어느 누구의 말에
귀담지 아니 하고
웅지를 가지며
자신의 길 묵묵히 가는
네 모습이 아름다움이다

아버지 마음
뿌듯했단다
아들아
아드막한 인생 삶에
아름차게
개척자 되어야 한다

아들아 사랑한다.


\* 아드막한 : 아득히 먼.
\* 아름차게 : 한 아름 가득하게.

# 사랑

나는 당신이 누구인지
몰랐을 때가 참 좋았구려
산울림의 메아리처
내게로 다시금 돌아옵니다

우리의 인생을 위해
사랑은 정말로 소중한 것

이 세상 누구보다
당신의 향기가 그리워집니다

아쉽고 허전하며
내 마음의 문을 활짝 열고
잃지 않기 위하여
추억의 방에 고이 간직한
추억을 펼쳐 보고 있습니다

당신의 향기로운
따뜻한 정의 훈기
누가 알거나
늘 내 가슴 언저리에

온기가 남아 있는 것을
이 가슴을 누가 적셔주랴

허전함에 울고 싶을
때가 있는 것을
나는 당신을 사랑합니다.

# 삶

내 삶이 힘들지라도
내가 할 일
내 몫 찾아 살리라

내 삶 속에
토사구팽은 존재한다

가진 마음의 여건
가진 능력의 세계에서
거듭나는 삶
내가 만든
세상을 살고 싶다.

\*토사구팽 : 요긴한 때는 소중히 여기다가도 쓸모가 없게 되며 천대하고 쉽
게 버림을 비유한 말.

# 우리의 인생은 다 그런 것

우리는 한 평생 살면서
서로가 마음을 주고 받고 산다지

우리는 한 평생 살면서
서로가 정을 주고 받고 산다지

우리는 한 평생 살면서
서로가 사랑을 주고 받고 산다지

다들 그렇게 살아가는 것

견해의 차이 때문에
경제적 욕구 때문에
성적인 욕망 때문에

살기 힘들다고 말하지

서로가 인내하고
행복하게 살기 위하여 노력하며 산다지
그렇게 한 평생 살아가는 것

우리의 인생은 다 그런 것.

* 마음(心) : 사람의 지(智), 정(情), 의(意)의 움직임.
* 정(情) : 느끼어 일어나는 생각이나 마음. 사랑을 느끼는 마음. 삶과 인간
  관계에 있어서 근본이 되는 사랑의 마음.
* 사랑 : 소중히 여기어 정성을 다하는 마음. 정에 끌리어 몹시 그리워하는
  마음 또는 그런 관계.
* 견해(見解) : 어떤 사물에 대한 가치 판단이나 사고 방식.

제**4**부

임 진 강 풍 경

# 향적봉의 봄 풍경

덕유산 향적봉
산마루에
봄 수레에 실려 온
어여쁜 꽃들
바람결에 흔들흔들
희살짓는다

하늘벌판 뜰에 핀
자주색 족두리 꽃
새하얀 만주바람 꽃
흰색 모뎀이 꽃
노랑 제비 꽃
털 진달래 꽃
처녀치마 꽃들
장면전환을 향연한다
조로롱 조로롱을 보고 있다

꽃바람 으세어지더니
연분홍 색
털진달래 꽃
아리아리

아름다운
향적봉의 봄 풍경이다

보랏빛 꽃 피운
처녀치마가 지천
흰 빛 꽃 피운
처녀치마 드물게
통꽃 고개 숙인 채 피어난다

하늘벌판 뜰에
핀 꽃 보노라면
만심환희가 넘쳐난
화엄세상인 것을
넉넉한
내 고향땅 화원이다.

* 희살짓는다 : 장난치며 흩어 놓는다.
* 하늘벌판 : 하늘을 벌판에 비유한 말.
* 조로롱 조로롱 : 꽃이 줄지어 핀 모습을 나타낸 의태어.
* 으세어지더니 : 더욱 세어지더니.
* 처녀치마 : 주름치마처럼 생긴 통꽃들이 고개 숙인 듯 피어난다.
* 털진달래 : 덕유산, 설악산, 지리산, 한라산 같은 높은 산꼭대기에서 자란다.
* 아리아리 : 무엇이 아련하게 흔들리는 모습.
* 통꽃 : 진달래나 도라지의 꽃처럼 꽃잎이 서로 붙어서 통꽃부리를 이룬 꽃.
* 만심환희 : 마음에 만족하도록 흐뭇한 기쁨.
* 화엄세상 : 보람과 깨달음이 충만한 더할 나이 없이 아름다운 세상.

# 향적봉의 여름 풍경

꾸불텅 뒤불텅한
향적봉 가는 길

수많은 계곡
끝없는 산야
제 모습 드러내고
이곳 저곳
모둠기리며 오고 간다

원시림이 내뿜는
무진장 청정계곡
굽이굽이 이어지는
구천동의 물은
명경지수 청렬하여라
녹음이 파랗게 돋아
채양 처진
밀림의 숲 속으로 간다

깨끗한 공기
숲 냄새 그윽하다
이런 향수 어디 있으랴

한 폭의 풍경화
청솔바람이
노랑노랑거린다

향적봉 칠십 리 계곡
푸름 듬뿍하구나
기암절벽의 절경
청아하게 솟구쳐 올라
물소리 청렬하고
어서 오라 손짓한다.

*꾸불텅 뒤불텅 : 길 따위가 이리 저리 구부러지고 뒤틀린 모양.
*모둠기리며 : 서로 어울려 나오는 상태.
*청솔바람 : 솔바람에 푸르고 맑은 색감을 강조한 말.
*노랑노랑 : 나풀나풀거리는 모습을 형용한 말.
*청아한 : 밝고 아름다운.
*청렬하다 : 맑고 차갑다.

# 향적봉의 가을 풍경

삼남을 굽어보는
덕유산의 향적봉
주목나무 뒤로
햇살을 받으며
오색 단풍 빛
붉은 바닷물이
출렁출렁거린다

칠십 리 계곡에
붉은 겉치마
흰 속치마
새 옷차림
피동피동한 여인이다

단풍 피워 놓고
삐꺽 삐꺽
산새 서러워라 울고 있다

멀지 않아
계절 따라
가야지

신선티 신선한
신접살이
떠나기 싫은 모양이다

향적봉에서
산자락을 타고
칠연폭포 계곡으로
안성의 산
병풍에 수놓고 돌아가리라.

* 피동피동 : 매우 살진 모습.
* 신선티 신선한 : 신선하고도 신선한.
* 신접살이 : 처음으로 차린 살림. 신혼살림.
* 향적봉 : 덕유산 최고봉.
* 칠연폭포 : 무주군 안성면 공정리(통안마을) 칠연계곡.

# 향적봉의 겨울 풍경

주목 나무 위에
내려앉은 서리 꽃
겨울의 전령병
지지 않는
단풍의 색바람
찬란함이어라

등산객을 환영하듯
단풍치마에
흰 저고리 입고
서 있는 여인의 모습이어라

주목 나무에 핀 서리 꽃
서릿바람에 몸부림친다

얇디얇은 물방울로
변화한 서리 꽃은
영롱하게 빛을 뿜더니
햇살에 아몰아몰
온기로
하늘문 두드리고

하늘벌판으로 사뿐 날아가고

향적봉에서 보니
화엄세상이어라
서리와 단풍이
새로운 향연을 빚어낸다

단풍치마에
흰 저고리 입고
서 있는 한 아미 여인의 풍경화다.

* 서리꽃 : 서리 내린 모습을 꽃이 핀 모습에 비유한 말.
* 전령병 : 전달의 업무를 맡은 병사.
* 색바람 : 여러 가지 색깔로 색채되어 있는 바람.
* 서릿바람 : 서릿발처럼 차고 매서운 바람.
* 영롱하게 : 눈부시도록 맑게. 찬란하게.
* 아몰아몰 : 보일 듯 말 듯 아련히 움직이는 모습.
* 하늘문 : 하늘 속으로 통하는 문.
* 하늘벌판 : 하늘을 벌판에 비유한 말.
* 화엄세상 : 보람과 깨달음이 충만한 더할 나위 없이 아름다운세상.
* 향연 : 향응하는 잔치. 특별히 잘 베풀어 대접하는 잔치.
* 아미 : 아름다운 눈썹. 미인의 눈썹.
* 향적봉 : 덕유산 정상이며 무주군, 장수군, 거창군, 함양군에 걸쳐 있는 산.

# 용추폭포

칠연계곡
도달담에서
내려 오는 물
손사래치더니 차가워라

다가와서
맴돌다가
딴 생각 말고
내 수심뜬 마음 싣고
구리향천九里鄕川은
금강으로 흐르지
저 물소리만이
변치 않는
안성 땅 살찌우는 희망이라

청솔의 숲에서
인간밀림 속
알 수 없는 수군거림
나무의 향기 묻어 나온다

청솔바람 불어 오는

층층바위 사이로
비집고 흐르는 물
암벽 타고 쏟아지는
수정방아 소리 처릉처릉하다

언제나 비취는
저 맑은 물 파래
밝게 빛나고
팔딱이는 힘
안성의 평야까지
솟구쳐라
다시 살아서
푸르른 기운이 넘친다.

*손사래치던 : 손을 펴서 흔드는 것처럼 나붓나붓 흔들리던.
*수심뜬 : 근심하는 마음이 깃든.
*수정방아 : 폭포수를 비유한 말.
*처릉처릉 : 찌릉찌릉 크게 울리는 소리.
*팔딱이는 : 자꾸 탄력 있게 튀는.

임진강에서 바라보는
고향 언덕 ..... 147

# 서운산 산행

서운산 등산로 가기 전
청용사 단풍나무에
우자 날아와서
우지가지 이레착 저레착
풍경을 보고
산행에 산림욕을 하고 나서

때로는 거리의 포장마차에
서운산 포도
감 홍시 맛보고
꼬치안주
빈대떡
부침개에
소주 한 잔의 정을 나누던가

때로는 초가집에서
생각하고 정리하는 곳
볼 일 보고
내 모습 보고
계수나무 껍질 피워놓고
향냄새

음악 소리 들으며
도토리묵에
막걸리 한 잔의 여유로움
풍광미를 질기 보노라면
고향의
맛을 엿볼 수 있느니라

다섯 골짜기
청정의 계곡
서운산 끝자락의
청용 저수지
타라tara에 앉아
물보라 이들대는
아름다움에
차 한 잔의 맛을 보노라
어디인들
신선이 따로 있으랴.

*우자 : 텃새.
*우지가지 : 이 가지 저 가지에 많이 달린 모습.
*이레착 저레착 : 이리 혼들 저리 혼들 혼들어대는 모습.
*타라 : 바람과 함께 사라지다(소설의 여주인공) 찻집 이름.
*이들대는 : 가볍게 흔들리는.

# 안개

파평의 산장에서
올방구치고 앉아
파평의 분지盆地에
안개는 하드르르 내린다

수평선을 지우며
임진강과 하늘이
하나 되는 풍경
신비롭기 만하다

학생들은 오지 않는다
내 앞에는 오직
안개 군단이 오고 있다

만산만야萬山萬野 사라진
그 자리에는
아주 넓은 안개 강물이다

가로수 사이로
가로등 불빛만이
아스므레 졸고 있다.

*올방구치고 : 책상다리치고.
*하드르르 : 가벼운 것이 날리는 모습.
*안개군단 : 짙은 안개를 군대로 비유한 말.
*아스므레 : 밝지도 어둡지도 않으면서
　　　　　희미한 빛을 띠다.

# 사계절

봄에는 씨앗 뿌리고
사랑을 꿈꾸는
마니아가 될래요

여름에는 한 동안
정열을 품고
차곡차곡 쌓아 둔
마음의 곳간 문 열고
다 비워 볼래요

아름다운 집
하나 더 지을래요

가을에는 익어가는
텃밭에 심어 놓은
겨우살이 마당질
추위 타서
입김이 서린
집 찾아 도와드릴래요

겨울에는 추억의

뒤안길 떠나는
이별의 마니주
차 한 잔의 정 나눌래요

멀고 길게만 느꼈던
긴 터널의
인생마차 타고
새로운 출발의
빌걸음으로 갈래요.

*마니아 : 어떠한 한 가지 일에 골똘하여 열중하는 사람.
*집하나 더 지을래요 : 시집을 출판.
*마당질 : 배추농사 거두어서 봉사 활동한다.
*마니주 : 불행과 재난을 없애는 신통력이 있다. 여의주와 비슷한 뜻.
*인생마차 : 인생을 마차에 비유한 말.
*매나리할 : 노래부를.

# 경의선 풍경

서울역을 떠나
문산을 달리는
경의선의 기차
하얀 눈 쌓인
아름다움이어라

기적 소리 남기며
눈의 나라
임진강역으로 달린다

철길 양편에
생기는 눈보라
눈과 수평으로
펼쳐지는 눈은
호수처럼 잠긴다

하얀 눈이 겨울밤
덮고 가는
경의선의 풍경
아름다움이어라.

# 금파리 가는 길

그날따라 궂은비 오는구나
파평산 고개마다 굽이마다
구실살이에 나는 울었소
내 아내도 울었다오
아 이 가슴의 파도치는 물결을
누가 잠재울 거냐
임진강을 끼고 꾸불꾸불
돌아서 가는 금파리 가는 길
울고 넘는 박석고개
이 마음 서러움을 누가 아랴
외로움에 몸부림치는 것을
어이 하랴 어이 할거나
누가 와서 이 가슴을 어루만져 주랴.


\* 파평산 : 파주시 파평면에 있는 산.
\* 구실살이 : 낮은 벼슬살이.

# 보길도 가는 길

칡 머리에서 덥도로
노화도 지나
보길도 가는 길
어느 때인가
가고 싶었던 그 길

한 시간 남짓
장보고의 배타고
출렁거리는 바다
물결을 헤집고 가고 있다

무더운 여름을
잠시나마
땀 거두기였을까
바닷바람에
옷자락 날리고 서 있다
저마다 북새질이다

또 다른 새로운 길을
가기 위함이니
인간 밀림 속에 찌든
이 마음을 시쳐 보자.

# 임진강의 봄 풍경

임진강 물은
화엄황혼이어라
노을을 담고 흐르는 물
황금빛의 물결
일렁흔들거린다

임진강 물에
새들 날아들고 노닐다
기꺼울 듯 기꺼울 듯
평화롭기 그지없더구나

통일로 가는 길목에서
온갖 고난의 혼적
철조망은 녹슬고 있다

기러기 떼는
하늘을 가로 지르다
기럭기럭
기러기 울음소리
고향이 기룬 게지

임진강의 봄 풍경
아름다움이어라.


*화엄황혼 : 자연의 장엄한 아름다움을 화엄에 비유한 말.
*그지 : 한량, 또는 끝.
*기꺼울 : 속마음이 벅차 오르도록 기쁘다.
*기러기 울음소리 : 고향에 대한 그리움을 기러기의 울음소리로 비유한 말.
*기러기떼 : 고향 그리워하는 애달픈 심정을 비유한 말.

# 임진강의 여름 풍경

오작오작거리는
인간밀림 속
시시각각
변화하는 세상
잠시 잊고
옥안을 떠나보자

물새들의 천국
어부의 배타고
떠나가면
강바람이 시원하다

물결 따라
미끄러지듯
가까이 다가가니
옥야천리의 강변
부귀재천이었다

여기저기서
물고기 폴짝폴짝
널뛰기로 노닐고

찍찍 찍찍
물새들의 소리
잠방거리는 소리
이리저리
하나 둘 셋 넷 모여들다

앵돌아서 가는 율동
평화롭기 만하다

날은 저물고
어둠이 치밀어드니
일연감색의
저녁노을 산장을 밝힌다

때 묻지 않은
자연의 아름다운
물고기의 천국
새들의 천국
동식물의 천국
임진강의 여름 풍경
신비롭기만 하다.

*오작오작 : 여럿이 한 데 몰려 복잡거리는 모양.
*인간밀림 : 사람이 밀집해 사는 것을 나무가 빽빽하게 들어선 숲에 비유한
　　　말.
*옥안 : '책상'을 아름답게 이르는 말.
*옥야처리 : 끝없이 넓게 펼쳐지는 기름진 들.
*부귀재천 : 부귀는 하늘의 뜻에 달려 있어 인력으로는 어찌할 수 없다는 뜻.
*잠방거리는 : 새 따위가 물에 발을 담갔다 뺐다 하는 소리.
*일연감색 : 한 가지로 물든 감빛 노을.

# 임진강의 가을 풍경

임진강의 가을
하늘도 푸르고
강물도 철철거린다

저녁의 노을
황금 빛으로
흐르는 물에 담는
아름다움이어라

물결 위에
떠 있는
무지개 빛이어라
나 그만
가던 걸음 멈추고
황홀감에 잠긴다

임진강의 가을
오색 단풍은
물위에 떠
빛 비쳐줌이어라

천혜의 자연 속에
새들의 서식처
철새 도래지
국내 유일의 고층
습원인 용늪
열목어 서식지
동식물의 낙원이 되었다

임진강의 가을 풍경
붉은 속살
드러내려고
단 한철을 위해
야무지게 입 다물고
있었나 보다
흐아흐아하다.

* 철철거린다 : 푸르른 기운이 넘친다.
* 흐아흐아 : '아흐아흐' 의 메아리를 표현한 시구.

# 임진강의 겨울 풍경

임진강의 겨울 풍경
하얀 옷차림의
그 모습 아름다웠다
얼음장이 단단하구나
모닥불 피워도
녹을지 모르는 임진강

물오리 기러기
이름 모를 새들
보고 싶어 가 보았지만
새들은 죽고 없구나

예전에 스케이트 타고
썰매도 탔지
그러다가
눈사람도 만들고 눈싸움했다

임진강의 겨울
긴장을 못 이긴 채
철조망은 녹슬고
반세기동안 버티고 있다

강 건너 개 짖는 소리
오늘은 들을 수 없구나
통일이여 어서 오라
임진강의 겨울 풍경
어디에서 다시
아름다움을 찾을 수 있으랴.

# 축령산 풍경

젖은 손 버거운 짐
잠시 내려놓고
안성에서 달려간
축령산 그 길
가족과 함께 찾은 곳

축령산의 휴양림
계곡의 아름다움
구름에 달 가리듯 가린
숲 속의 물에
다들 북새질이다

도심의 속
인간 밀림에서
삶에 찌든
몸과 마음 씻고자 함이니

한 폭의 산수화

아침 햇살
시샘하듯이

물방울
흩날리는 황홀감
시원스럽고
기분 상쾌하다.

# 숲 속의 산장

새벽녘 뻐꾸기는
잣나무에 앉아서
뻐꾹 뻐꾹
새우잠을 자던 나
새벽잠을 깨운다

새벽 공기 싸늘하게
내 몸을 파고든다
새들은 흥겹게
지저귀고
딱따구리는
나무를 쪼아댄다

안개가 오락가락
파평산 봉오리
감췄다가 드러내고
안개 밭에서
살아 움직이고 있다

바람타고 날아
파평산 봉오리

내려앉았다
꺼졌다 다시 피어나는
안개의 정국이다
숲 속의 산장
안개의 밭을 걷고 있다.

# 산장

새벽에 종이 울린다
새벽 별이 반짝이고
닭과 새들이 운다
개 짖는 소리 들린다

금마루 고갯길
오늘도
오고 가는 차들이 있다
분주한 행렬의 연속이다

오는 사람이 내게 오고
가는 사람이
다 내게서 떠나간다

금마루 고갯길
미련 없이 내뿜는
숨 가쁜 호흡의 순결
아련히 떠오르는 둥지 속으로
떠나가는 차들의 행렬 속으로
사뿐 앉아서
산장을 떠나고 싶은 거다.

# 산장의 논배미

잣나무 숲 우거진
마을 변두리의 산장
가슴 답답해서 창문 열었다

여기저기 논배미에
들락날락거리던 개구리
어제 밤
날밤 새워
개골개골 울음소리다

오늘 밤도
잣나무 숲에서
들리는 것은
산장으로 와 와 몰려온
진달래 함성
개골개골
개구리의 울음소리다

물어뜯고
물어뜯기고
이리 뛰고

저리 뛰며 가이없다

진흙 속에 각개전투
이제는 끝나
평화는 찾아왔다

고개 들고
깔딱 깔딱
어디로 갈거나
개구리 주저앉는 자세
멀리 뛰자는 것이다
눈꺼풀 깜빡 깜빡거린다

풀밭에
들락날락거리던 개구리
이리 뛰고 저리 뛰고
논배미
들락날락거리던 개구리
물 따라 헤엄치는
나날살이
진흙 속에 각개전투

평화 속에 잠든다.


    * 나날살이 : 매일 매일 살아가는 일
    * 개구리 주저앉는
      자세 멀리 뛰자는 것이다 : 어떤 성과를 얻기 위해서는 충분한 준비를 해야
          한다는 말(속담).
    * 진달래 함성 : 민초들의 성난 함성.

# 푼수

어느 세미나
인간밀림 속에
내가 있었다

내 등 뒤
소근소근
대화 나누고 있더니
내게 다가와
누구라고 인사한다

먼 발치에서
그저 쳐다만 보고
있을 수 없어
이제야
참 좋아했단다
알고 이시냐
이기죽거려쌓는다

누구나 착각
때문에
때로는 푼수가 된다.

*이시냐 : '있느냐' 의 제주방언.
*이기죽거려쌓는다 : 쓸데없는 말로 천천히
            밉살스럽게 자꾸 지껄이다.

# 화폐 수집

삶은 화폐 수집과 같은 거
화폐 수집하듯 일과 속에
취미활동을 하며 산다

화폐는 예술가의 손끝에서
창작된 초상화
국가의 보물화
고궁의 전경화
그 나라의 정치, 경제
문화유산의 누리가 있다

화폐는 절대량의 제한
수집품은 시간이 지남에
상승일로上昇一路의 가치가 있다

수량이 늘고
가치가 높아지니
수익성도 보장받는 것
고상한 취미이고
장기적 투자 가치
보여주고 재미 있다

우리의 생활과
밀접한 관계가 있으니
이해가 빠르고
높고 높은
선대의 빼어난 문화를 익혀
후손에게 물려 줄 수 있는 것
여가 선용의
지름길이 되고 있다

일상생활의 희로애락喜怒哀樂과
고유의 미가 있는 상징물이고
여유 있고 넉넉한 마음이자
수집인의 앨범은
호사스러운 곳간인 것을
깨끗이 사용하려는
마음의 자세를 새겨준다.

*누리 : 세계, 세상.
*상승일로(上昇一路) : 위로 올라감, 곧장 올라 나가는 한 길.
*희로애락 : 기쁨과 노여움과 슬픔과 즐거움.

# 별

나는 숲 속의 방
홀로 초초한 자락으로
앉아 있으니
밤은 별을 초롱초롱
수를 놓고 있다

숲 속의 방 조용한데
그렇게 인간 밀림에서
별 하나가
나를 내려다본다
예쁜 여자 친구야
나는 너의 눈짓만
쳐다보고 살 수가 없다

내 주변의 모든
사람을 사랑해야 한다
내게 주어진 길
걸어가야 한다

고요한 이 밤에
그리워서 잠 못 이룬다

내 마음 속에 있는
그 사람
손잡아 주어야 산다

눈빛의 사념을 떠나라
아름다운 추억의
별이 되어 주시옵소서.


*초초한 자락으로 : 보잘것 없는 차림으로.

# 아직은 줄 것이 없다

때 일찍 호두나무
가지 타는 청설모
너는 푼수다

푸른 잎으로
단장한 호두나무
가지는 춤을 춘다

비웃듯이 맞는다
나는 아직
꽃도 피우지 못했다

시도 때도 없이 오니
진저리치누나
네 손에 붙은 밥풀이다

참을 줄 알아야지
아직은 줄 것이 없다.

* 진저리치누나 : '몸서리친다' 와 같은 뜻.

# 청계천

청계천에 흐르는 물은
청운벽산빌라 샘터를
비집고 도심의 세계로
새 삶을 불어넣는
인간 밀림 속으로 흘러
가을 햇살을 받으며
시원스럽게 흘러 갑니다

푸른 하천을 꿈꾸고
도시의 얼굴 바꾸고
시원한 물결은
혼탁한 도심 속에
인간 밀림의 가슴 속
탁 트이게 합니다

빗줄기 속에도
청계천 일대는
화려한 야경으로
뽐내고 춤추며
갑남을녀의
만남의 장소이자

애정 나눔의 산책 길

우리는 맑게 흐르는
청계천의 물을 보며
자연이 주는 아름다움
홍, 그리워지는
마음에 즐겨 찾을 것입니다

청계친은 풀벌레 나비
새들이 찾아오고
청계천은 따뜻하게
인간 밀림을 안고
대기의 변화
공기의 흐름을
바꾸어 놓았습니다

자연과 사람과 함께하는 하천
도심의 중심을 가로 지르는 하천
다양한 동식물 서식처의 하천
청계천 일대는
우리들에게

꿈
희망
용기
추억을 만들어 줄 것이며
옛날처럼
다시 살아난
아름다움 풍경입니다.


*청운벽산빌라 샘터 : 청계천의 발원지.
*갑남을녀 : 甲男乙女. 보통 사람들. 서민.

# 암석嚴石

아무리 삼복철이나
쌀쌀한 데바람 부나

아무리 비바람이나
눈보라가 불어왔어도

유구한 역사 속에
천스러운 꼴을 보았어도

천고의 비밀을 지키고
동저고리 바람의 차림새

계절에 따라서 새롭건만
언제나 변함이 없구나

때로는 나도 암석처럼
살고 싶을 때가 있다.

*삼복철 : 초복, 중복, 말복이 들어 있는 여름철.
*데바람 : 매서운 바람.
*천스러운 : 상되고 더러운.
*동저고리 바람 : 의관을 제대로 갖추지 않은 차림새.

# 원형 공간으로의 귀향의식
## — 이기호 제2시집 《임진강에서 바라보는 고향 언덕》의 시세계

### 유 한 근
문학평론가 · 문학박사 · 한성디지털대학교 교수

## 1. 문학이 뭐길래?

　간혹 독자는 의혹해 할 것이다. 시가 도대체 뭐길래 시인
은 시를 쓰는 데 목숨까지 거는가? 문학을 할 수 밖에 없는
이유는 무엇 때문일까를 부단히 반복적으로 되물을 것이다.
독자 중 하나인 나도 예외는 아니다. 시인은 단지 '무관의
제왕'이라는 허울뿐인 신분 상승을 위해 시를 쓰지는 않을
것이다. 자신의 미적 성취를 위해, 그래서 그 즐거움을 독자
들과 나누기 위해서 쓰기도 하지만, 어떤 이는 도덕적 교시
기능에 가치를 두고 쓰는 사람도 있을 것이다. 자신의 정체
성 찾기와 그 정체성을 표현해서 독자와의 공감대 형성을 위
해 시를 쓰기도 할 것이다. 아니면 직업 아닌 직업 때문에 마
땅히 할 일도 없고 해서 시를 쓰는 사람도 있을 것이다. 나는
지금, 시를 놓고 비아냥거릴 힘도 없다. 문학 혹은 시에 이미
절망할 만큼 절망하고 있기 때문에 자조할 기력도 딴지 걸

힘도 이미 잃어버렸기 때문이다. 이런 의혹으로 새삼 시인
이기호의 시세계 탐색을 시작하는 것은 그가 정말 시를 사랑
하는 이유가 뭘까를 점검해서 나처럼 힘 빠져 있는 사람에게
작은 상상력을 주기 위해서이다.

시인 이기호는 시〈시 수필〉에서 이렇게 토로한다.


바람에 불리어 몰아쳐
휘날리는 눈을 보거나
강물 위나 강기슭에서
불어오는 바람 만나면
시 수필을 느낀다


땅 하늘
아침저녁 노을
일연감색의 빛
칠흑 같은 어둠
애잔스런
사랑의 빛 보고
시 수필을 쓴다


자신이 살아온
삶의 자아성찰을
내면의 깊은 곳
반추하면서
반성의 계기 마련하는
그 순간을
형상화하려 시도한다

나는 딸도
아들도 낳고 튼튼하게 키운다
고난과 어려움에도
희망을 잃지 않고
꿋꿋이 살아가는
따뜻한
마음의 삶을 살아야 한다

서민의 애환을 알고
인간 밀림 속에서
살기 힘든 것을
애처롭고 슬픔에
시 수필을 만나
내가 생각하는 살맛나는
세상 살기를
바라는 마음이다.

— 시 〈시 수필〉 전문

위의 시는 이 시집의 '서시' 혹은 시인의 자서와도 같은
시이다. 왜 자신이 시와 수필을 쓰고, 어떤 과정으로 문학적
상상력을 키우며 작품집을 묶어 독자와 만나는가를 직설적
으로 표현하고 있는 시이다. 그에게 있어서 문학적 상상력
을 촉발시키는 사물은 자연물이다. 바람, 눈, 강 등이 그것이
다. 이를 바슐라르의 물질 상상력에 대입할 때, '물'의 몽상
혹은 바람을 포함한 '공기'라는 물질 상상력에 의해서 그는
시적 상상력을 촉발한다. 한국인의 심성으로 보아 보편적인
상상력의 촉발 과정을 거치고 있다 할 수 있다. 그런 다음 시

인 이기호는 '노을' '어둠' '사랑의 빛' 등의 색채 이미지로 시의 몸체를 쓰며, 자신의 내면 성찰을 통해 삶의 제 문제를 반추하면서 시의 주제 혹은 안의 내용물을 채운다는 것이다. 그리고, 이렇게 시를 쓰는 이유는 살기 힘들어 하는 독자들에서 따뜻한 마음의 삶을 살아가게 하기 위해서, 또는 '살맛나는 세상살이'에 도움을 주기 위해 시와 수필을 쓴다는 것이다. 이런 점에서 그는 다분히 계몽주의적이며 문학의 교시적 기능을 신봉하는 시인이다. 그리고 유토피아 문학론을 신봉하는 보기 드문 시인이다. 오늘의 많은 시인들은 시 · 문학에 절망하고 슬퍼하며 현실적 삶에 부정적이다. 그 절망의 늪에 빠져 허우적댄다. 문학으로 무엇인가 하기를 원하지 않는다. 할 염두조차 내지 않는다. 따라서 시인 이기호는 문학적인 표현구조에 있어서 기교나 미학을 고려하고 있지 않은지 모른다. 하지만 시가 시답기 위해서는 최소한의 표현 구조를 갖추어야 함을 모르는 바는 아닐 것이다.

## 2. 그럼 살맛나는 세상살이란?

이기호 시인의 두 번째 시집 《임진강에서 바라보는 고향 언덕》은 시인의 원체험 공간인 고향에 대한 그리움이 녹아 나오고 있는 서정시, 세상에 대한 인식의 시, 그리고 주위 사람을 포함한 인간에 대한 이해의 시 등으로 나눌 수 있다. 이 시들은 첫째번 시집의 시 맥락을 잇고 있는 시의 궤적이다.

시인 이기호는 시 〈수련(水蓮)〉에서 수련 꽃처럼 수련(修鍊)하게 살고 싶다고 말한다. 그리고 시 〈해동〉에서는 "군치리집에서/오늘만이라도/명정하던 나" 즐겁게 살고 싶다고도 토로한다. '군치리'는 개고기 파는 집을 일컬으며, '명정

하던'은 '술에 취하던'이라는 시인의 고향 말이다. 그리고
시 〈개나리〉에서는 산책길에서 만난 학생들을 '떨기바람'
'이웃사촌' '개나리꽃' '뜨시한 떼봄이/오는 소리'로 인식
한다. 이렇게 시인이 이 세상을 잠시라도 즐거워할 수 있는
것은 고향 산천과 고향의 풍물들, 그리고 고향 언어 때문이
다. 그래서 시인의 고향의 것과 말을 서슴치 않고 시어로 사
용한다. 심지어는 시 〈할미꽃〉에서는 할미꽃을 "보송보송
한/ 속살 드러낸 여인"으로 인식하기도 한다.

노란 조시처럼
속살을 드러낸 채
처마 밑에서
주황 등불 밝히며
가을은 저물어간다

스산한 가을바람
으슬으슬해질 때는
지글지글 끓는
온돌방이 그리워진다

가을밤 희미한 빛을 띠며
속이 덜 마른 상태로
가을밤은 깊어간다

어머니는
아들 군것질
종종걸음이시다

노란 조시처럼
뿜어내는
어머니의 정겨움
주고받는 여유로움
내 기억에서
멀리 사라져가는
아득히 먼 고향이다

초가집 처마 밑에
곶감 주렁주렁
내 고향의 가을은 익어간다.

— 시 〈곶감〉 전문

위의 시는 시인의 고향의 표상물과도 같은 '곶감'을 통해서 주황 빛 처마등, 온돌방 그리고 어머니 등의 이미지를 연결한 망향시이다. 고향의 이미지를 색감 있게 그려낸 서정시이다. 고향에 대한 그리움의 감정을 고향의 자연물들을 통해 극도로 절제한 시이다. 그는 이렇게 고향에 대한 그리움을 환기하면서 세상을 살맛 있는 시적 공간으로 들어간다. 그런 뒤 세상을 따뜻한 시선으로 되돌아 본다.

자기의 양심은
꼭꼭 숨기고
남의 일에 참견하는구나

이렇군 저렇군
남의 말만 씹고

씹히는 광경
스스로 물어뜯고
언성만이 높고
말 많아지는 정치판

누구 위한
화려한 용틀임인지
경선 없이
전략 공천으로
정상적인 절차
건너뛴 무리수

정치판 들어가면
탱자가 감이 되는지

민생의 안위는
아랑곳이 없구나
몸과 마음이
즐거워야 하는 것을.

— 시 〈돌아보기〉 전문

　이 시는 우리의 정치 현실을 그리고 있는 시이다. 말만 무성하고 비양심이나 무양식 혹은 거짓과 권모술수만이 난무하는 정치판, 그 아수라판을 시인은 "탱자가 감이 되는지"라는 고향 언어로 단순 명료하게 풍자한다. 그리고 '몸과 마음이 즐겁기' 위해서는 어떻게 해야 하는지를 여운으로 남긴다. 작금의 정치판이 풀어야 할 문제는 우리 사회의 양극화

현상이다. 이 문제는 더욱 더 심화될 것이며 우리 사회를 불안전한 사회로 몰아가는 가장 심각한 사회문제일 것이다. 시인 이기호는 이 문제에 대해서도 "우리의 삶 속에/언제나 변하지 않는/애탐"을 간단명료하게 지적하는 동시에, '내가 원하는 미덕과 덕목이 늘 존재' 하기 때문임을 환기시킴으로 해서 그 해결책을 더불어 풀어나가야 함을 암시한다. 시 혹은 문학의 영역을 지키고 있는 셈이다.

내가 너를 보고
말 못할 것을
여기에 싣고
보낼 수 있으니
아심찬한 하고
아싸라비아이다

세월은
아승지겁 산 넘어
황혼에 접어들었어도
너에게 가는 편지는
솟구치는 환희심
누가 무어라고 말한들
소용이 있으랴
아! 어찌 잊으랴

내 마음의 불꽃인 것을
내 사연은 남겨져
울창한 숲이 되었답니다

너에게 보낸 사랑
버려져 있으나
눈물로 변하여
옥로는 온기로 사뿐
하늘문 열고 날아가
나그네처럼
떠돌다
빛 방울이 되었답니다

내 가슴에 남겨진 사랑
너의 그림자로 변하여
앵돌아져 찾아오는
애타는 마음
시시때때로 빈 가슴에
채워지지 않는 정 접혔나 보다
그 불씨는 다시금 살아난다

어둠의 모닥불처럼
활활 타오르는 불꽃인 것을
아! 어찌 잊으랴
너의 가슴에 불을 밝힌다
누가 와서
타오르는
모닥불을 잡아 줄 것인가
화엄세상 편지를 띄워 보낸다.

— 시 〈편지〉 전문

이 시에서 먼저 주목되는 부분은 시어(*글 쓰는 이가 밑줄 친 낱말)들이다. '아심 찬한' '아싸라비아' '앵돌아져' 와 같은 시인의 고향 말과 '이승지겁' '환희심' '옥로' '화엄세상' 등 불교관련의 시어들이다. 이러한 이색적인 시어를 통해 연서를 쓰는 시인의 마음에는 특별한 문학적인 전략이 있기 마련이다. 여느 시인과는 다른 사랑의 시를 써보겠다는 것이고, 그보다는 고향의 냄새가 물씬 풍기는 향토적이고 속된 고백을 통해서 꾸밈없는 감정을 전하겠다는 의도와 시인의 사랑이 한 순간의 열정이 아닌 영원불멸의 것이며 인연에 의한 것임을 표현하고자 하는 전략에 의해서 쓰여지고 있는 것이 그것이다. 특히 '나에게 보낸 사랑이 → 눈물로 변하여 → 옥로가 되어 → 하늘 문 열고 나아가 나그네처럼 떠돌다 → 빗방울이 된다' 는 불교의 연기緣起론적인 시적 형상화는 그 사랑의 영원불멸성을 형상화하는 데 부족함이 없는 표현 구조이다.

그 뿐 아니라, 이 시를 통해서 시인 이기호는 사랑을 통해 이 세상이 '화엄세상' 이 되기를 꿈꾸는 몽상의 시인임을 드러내고 있다. 깨달음을 통해 환희만이 존재하는 아름다운 유토피아의 세상, 그 세상을 시인은 시로도 꿈꾸고 있는 것은 아닌가?

### 3. 그가 마침내 몽상하는 것은?

시인은 어떤 형태로든 자신의 유토피아를 꿈꾼다. 몽상이 없는 자는 시인이 될 자격이 없다. 리얼리즘 시를 쓰는 우리 시대의 양심적인 시인들도 몽상을 가질 때 그 빛을 발한다. 시인이 시를 쓰는 그 순간에도 마침내 가 닿으려는 세계가

있다. 그렇다면 시인 이기호가 가 닿으려는 세계는 무엇일
까? 앞에서 나는 '화엄세계'일 것으로 가늠했다. 하지만 그
는 그 세계의 시적인 몽상을 과거의 유년의 공간에서 찾는
다.

내 가슴 속에는 눈물이 고인다
아이 적
눈물이 나오는
내 모습을 보시고
사내자식이 눈물세상이야
눈물 뚝 눈물 뚝
외식아 외식아
내 새끼 어쩌나
얼마나 아픈지
내 온몸을 만져 보신다

아우는 시샘 나
살금살금 눈앞에 서성거린다
아서라 아서라
나는 아픔에 춥다

이리저리 내던져진
내 모습에
가족들은 알탕갈탕
애처롭게 보신다
추위서 바싹 웅크린다

아이 적
잔병치레에
눈물 고개 되어
뚝뚝 눈물이 떨어진다

아픔의 사대삭신은
달이 달달
오이 덜덜 떨고 있다

참자 참아 보자
몇 주만 더 고생하면
병든 몸에서
썩 물러서리라
훨훨 털고 일어선다
내 가슴 속에는 눈물이 고인다.

— 시 〈눈물〉 전문

　　위의 시에서처럼 '눈물'은 인간 감정의 원형적인 형태이
다. 슬픔이 인간의 원초적인 정서이듯이 눈물은 감동의 표
징물이며 인간 원형의 표상물이기도 하다. 인간이 누군가를
사랑할 때도 눈물이, 누군가로부터 혹은 무엇으로부터 감동
을 받아도 눈물은 그 표상물로 우리를 적신다. 환희도, 고통
도 눈물은 그 표상물이 된다. 그 뿐 아니라, 시인의 원체험
공간을 가득 메우고 있는 유년의 고향 풍경이나 친구, 가족
특히 어머니는 시인에게 있어서 눈물의 대상이 되는 데 부족
함이 없게 된다. 그 이유는 시인의 원체험 공간은 인간의 원
형이 되기 때문이며 그 가운데에 모태인 어머니가 있기 때문

이다. 이 점을 위의 시 〈눈물〉은 모성을 통해 형상화하고 있
다.

　따라서 나는 이 시를 계기로 해서 이기호 시인이 꿈꾸는
몽상의 세계가 인간 원형 공간인 유년의 세계와 모태 공간이
며, 곧 그 공간이 화엄세계임을 알게 된다. 그것이 이 시인
의 처녀 시집에 이어 두 번째 시집으로 이어지는 시 세계임
을 환기하게 된다. 두 번째 시집의 발전적 모습에 박수를 보
내며 축하의 마음을 아울러 보낸다.

이기호 제2시집

임진강에서 바라보는

# 고향 언덕

•

지은이 / 이기호
발행인 / 김재엽
발행처 / **한누리미디어**
디자인 / 지선숙

•

110-816, 서울시 종로구 부암동 185-5번지 4층
전화 / (02)379-4514, 379-4519
Fax / (02)379-4516
E-mail/hannury2003@hanmail.net

•

신고번호 / 제300-2006-61호
등록일 / 1993. 11. 4

•

초판발행일 / 2006년 8월 21일

•

ⓒ 2006 이기호 Printed in KOREA

값 10,000원

•

※잘못된 책은 바꿔드립니다.
※저자와의 협약으로 인지는 생략합니다.

ISBN 89-7969-291-9  03810